S0-ALG-188

Macca la alpaca

MATT COSGROVE

Scholastic Inc.

A mi mamá, Nancy. Gracias por TODO — M.C.

Originally published in English in Australia in 2018 by Koala Books, an imprint of
Scholastic Australia Pty Ltd. as *Macca the Alpaca*

Translated by Juan Pablo Lombana

Copyright © 2018 by Matt Cosgrove
Translation copyright © 2021 by Scholastic Inc.

All rights reserved. Published by Scholastic Inc., *Publishers since 1920*. SCHOLASTIC, SCHOLASTIC EN ESPAÑOL,
and associated logos are trademarks and/or registered trademarks of
Scholastic Inc.

No part of this publication may be reproduced, stored in a retrieval system, or transmitted in
any form or by any means, electronic, mechanical, photocopying, recording, or otherwise, without
written permission of the publisher. For information regarding permission, write to
Scholastic Inc., Attention: Permissions Department, 557 Broadway, New York, NY 10012.

The publisher does not have any control over and does not assume any responsibility for
author or third-party websites or their content.

This book is a work of fiction. Names, characters, places, and incidents are either the product of
the author's imagination or are used fictitiously, and any resemblance to actual persons, living
or dead, business establishments, events, or locales is entirely coincidental.

ISBN 978-1-338-63102-9

10 9 8 7 6 5 4 3 2 1   21 22 23 24 25

Printed in U.S.A.   76
First Spanish edition, 2021

The type was set in Mr Dodo featuring Festivo LC.

Este chico se llama

Macca.

¡Es una alpaca!

En los charcos le encanta **chapotear**

¡y **a todos un abrazo dar!**

Sus días estaban llenos de **risas** y **alegría**,

hasta que...

¡DRAMA!

Llegó una **llama.**

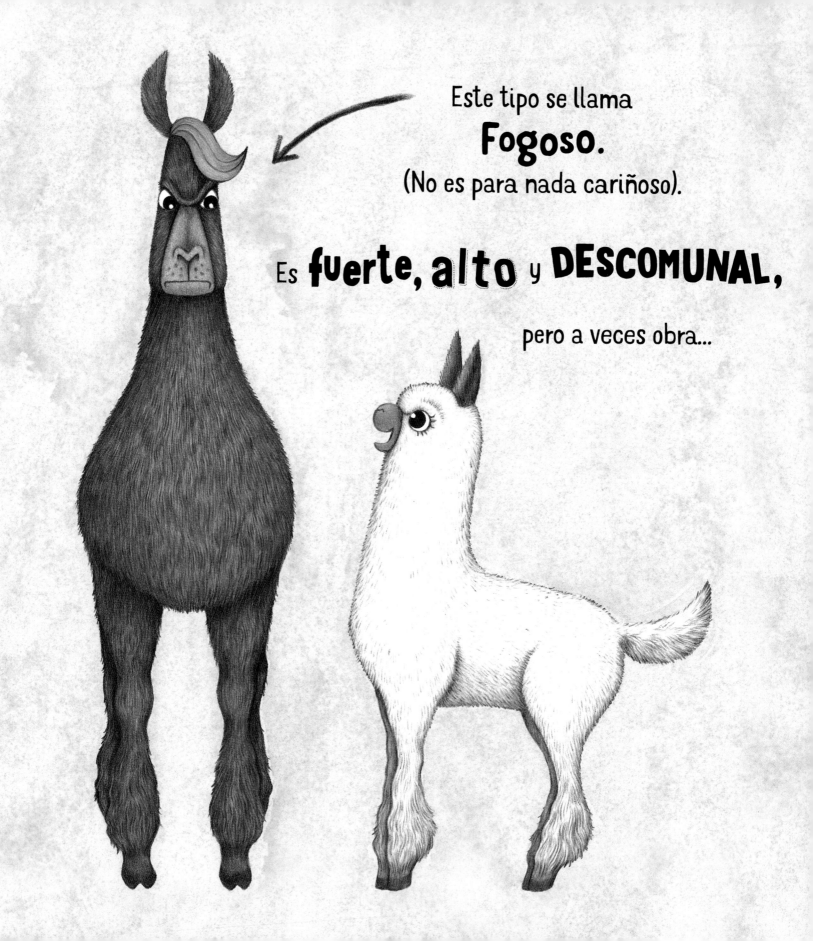

Este tipo se llama
Fogoso.
(No es para nada cariñoso).

Es **fuerte, alto** y **DESCOMUNAL**,

pero a veces obra...

Fogoso era cruel,

¡no habrás visto a nadie **peor** que él!

Los juguetes de Macca tomaba y siempre **alborotaba.**

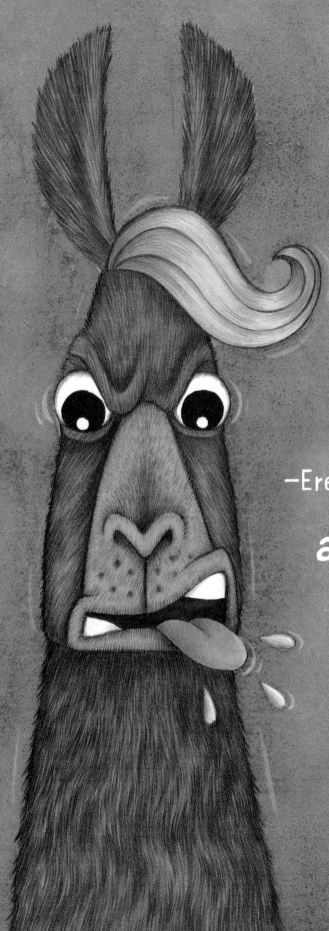

—Eres un **POBRE**

arenque,

¡yo soy **FUERTE** y tú eres *enclenque!*

—Te diré algo que va a **_sorprenderte_**

—dijo Macca—.

La verdad es que soy muy

fuerte.

Los dos a la cara se miraron
y una **prueba de fuerza**
organizaron.

—¡Esta roca voy a mover!
—dijo Fogoso—.

Ahora **mismo** vas a ver.

Jadeó, resopló y **empujó,** y la roca un tris se movió.

Cuando el turno de Macca llegó,
usar su cerebro resolvió.

¡**B**ah!

—Bueno, ¡¿por qué no tratas
de llegar hasta acá?!

—Muy fácil,
mírame hacerlo.

Fogoso
no podía
creerlo.

¡Se puso **FURIOSO!**

Quería hacer algo ***espantoso.***

—**¡Corramos** hasta ese pico!
El primero en llegar gana
y el último es

Un borrico.

Salieron corriendo **a todo dar**
y por la cuesta de la montaña
empezaron a escalar.

Pero entonces...

las piedras

comenzaron

a rodar.

Como Macca era **hábil** y **ligero**,
llegó a la cima primero.
Se volteó muy contento,
¡pero vio que Fogoso se estaba

CAYENDO!

Algunos dirán que fue karma,
cuando ese animal **presumido**

cayó...

¡TRAS,

CHAN

Y

PLAS!

Y así, mis amigos,
recibió su merecido.

—Yo estaba muy equivocado —dijo Fogoso, **magullado**—.
Y tú tenías la razón. Ser más grande no me hace un campeón.

Macca se acercó un paso y a Fogoso **le dio...**

¡un fuerte abrazo!